언 손

언 손

이 세 기 시 집

창비

차 례

제1부

염하

내 여기 몇번 왔던가

한번은 연꽃 보러
또 한번은 고인돌 보러

늙은 어부는
저녁물을 보고 강둑으로 사라지고

자궁을 열듯 쏟아지는
울음소리
울음소리

상형문자를
허공에 걸어놓고
강을 거슬러
염하로 날아드는 가을 새떼

누군가

강 언저리에 서서

비뚜름하게

강의 북두를 바라보고 있다

물이 나간 자리

비우는 것이란 저런 것이다

날물이 나간
빈자리

허공에
흰 눈
몇점 걸어놓은 이른 저녁
부둣가 실비집

취해 반쯤 기우뚱한 내가 서 있다

바람에 불려온
빈 비닐봉지마냥
떠밀려온 내가 있을 뿐

나조차 내가 낯설다

지나가는 새소리인가
내리는 흰 눈 속에

새까맣게 눈을 뜬 갈매기가
깃을 묻은 채
허공을 바라보고 있다

그믐께

고등 뿔둑을 먹은 겐지 초저녁 앙앙 아이가 운다

민박집 할매가 배앓이에 즉효라는 양귀비술을 한술 떠와
아이에게 먹이는

생소라 올라오는 밤이다

생계 줍는 아침

할멈 둘이 앞서 걸어가고 있다

살얼음 갯바위 틈새
얼어죽은 한 마리 주꾸미라도 주우려

갯바위를 걸어서
굴바구니 들고 갯터에 가는

생계 줍는 아침

첫여름

1

쪽사리인데 대낮에 사람이라고는 보이지 않는다
갯고랑이 보이는 *끄트머리*
서너 채 함석집

할매들이 바지락을 캐어다
뭍배가 오면 내어다 팔기도 하고
돌톳을 햇볕에 말렸다가
팔기도 하는

늙수그레한 몸에는 갯내가 났다

2

함석집에는
목침이 있고
이불을 올려놓은 선반이 있고

장판이

누렇게 눌은
아랫목은
시꺼멓게 먹밤처럼 늙었다

밤이 오면
반딧불이 날아다니고
손전등 불빛들이 갯바위 틈새에서 새어나왔다

　3
유성이 떨어지는
깊은 밤에는
해안가 샘골에서 물 흐르는 소리가
어두운 방으로 들어오고

골짜기에서는
치성을 드리는지
주문이 들려왔다

그러다가 다시 저녁밥때가 오면
기력은 곡식에서 생긴다며
고봉밥이 최고다
삼시세끼 제때 먹는 것이 몸에 화를 내리는 것이라며
밥을 권하기도 하고

밤이면 밤마다
치성을 마친 인기척이
골짜기에서 걸어나왔다

세상을 견디는 목소리가 걸어나왔다

대청도를 지나며

산마루에
흰 구름이 걸려 있다
산마루 넘는
흰 구름 어디로 가는가
저만치 홀로 흘러가는 쪽
저쪽이 바로 누이가 사는 고향이라며
황해도 연백에서 왔다는 할배가
배연신굿을 하는 애기무당 누이를
이제껏 보지 못했다고 눈시울을 훔쳤다
백령도 대청도 소청도를 다니며 소를 사러 다닌다는
곰보얼굴 소장수의 고인 눈망울에 흰 구름이 흘러나왔다

생업

한낮인데 화덕불에 된장국이 끓는다
생닭 고는 데
약재로 쓰인다는 엄나무를
한짐 해놓은 마당엔 잡어젓이 익는다

아주까리 노란 새잎을
데쳐 먹으면 맛이 좋다고 하는
한쪽 뺨에 흉터가 난 절름발이 할아배

이른 아침 망태기를 메고
재너머 독살을 갔다 오는 길에
잡아온 뱀이 올뱀이라며
깊은 겨울 양식이란다

어슬어슬 갯바닥에서
낙지를 찾는 눈매가
어찌나 돌미륵을 닮았던지
열 손마디에 새까마니 물때가 배어 있다

흰 박꽃 넝쿨이 오르는 돌담엔

내장을 비워낸

물메기 숭어 갯장어가 가지런히 널리었다

박대 굽는 저녁

저녁입니다

고요히
내리는
하루가

골목에
물든

초생달이 뜬
저녁

칠산*을
떠돌던

고깃배가
들어왔는지

박대 굽는
냄새

옹기종기
저녁
밥상에

옹기종기
저녁 밥상에

* 칠산(七山): 전남 영광 앞바다.

부채

왜 이리 사는 게 힘드냐
아내가 모로 누운 채
어젯밤에 한 말이다

나는 딴청을 부리듯
부채를 부친다

여울물을 거슬러올라가는
물고기 먹점 찍힌
부채는 팔랑팔랑 바람을 일으킨다

왜 이리 덥냐며 딴 시늉을 걸지만
달력에 기일이며 약속들이
밤고양이마냥 오는 게 아닌가

부채야말로 내 더위쯤 우습게 아는가
악귀라도 쫓는 양 부채는
바람을 일으킨다

덥기로 따지자면 모로 누운 아내의
침묵이 더 더운 법
나는 또 부채를 찾는다

머리맡에 가까이 둔
부채로 나는 또
소리가 나도록 바람을 일으킨다
아내의 입에서 생활이 더 나오기 전에

화수부두

화수부두 가는 길
옹진반도에서 온
어머니 몇
의자에 앉아 졸음 졸음

박대 파는 생선가게
콧등이 새까만
고양이도 졸음 졸음

부둣가엔
출어를 포기한
안강망 어선 몇척

서더리탕 황복을 파는
간판 없는
평안밥집 평상엔

튀밥처럼 쏟아지는

이북 사투리
이북 사투리

어머니 몇
국수 내기 화투를 치고

옹진에서 온
어머니 몇
국수 내기 화투를 치고

섬으로 떠나는 셋째형을 배웅하며

볼살이 터진
섬아이 두엇

황소 김을 내뿜는
덕적도행 대합실

가는 곳이
섬에서 다시
섬으로 간다는 말뿐

몇은 토막잠을 청하고
몇몇은 끝내 말이 없이

뭍에서의 간밤이 어두웠던지
한뎃눈을 팔며
성에 낀 유리창을 바라볼 뿐

겨울이 빠져나가는 개찰구가 굴구적같이 쓸쓸하였다

북성부두

갯바위 굴봉도 얼어
살얼음 붙은 영하의 날씨
사리 지나 북성부두
굴막촌 할멈 일곱이서
눈밭에 앉아
까마귀처럼 앉아
머릿수건을 징징 동여매고
부둣가에 웅크리고 앉아
강굴 청파래 박대묵을 내놓고 앉아 있습니다
하늘에서는 진눈깨비가 내리고
하염없이 하염없이
까만 눈을 똑 뜨고 앉아 기다립니다

언 손

그을음

아궁에

밤이

온다

언 손이

오고

언 몸이

온다

고요히

타는

극락 생각

빈손

내미는

시루눈

오는

저녁물께

문신

배가 가라앉고 있다 그러다
다시 숨이다
꺼졌다 다시 불렀다

죽음이란 이렇게 오는가

불룩한 배의 앙가슴이 미라를 닮았다
그의 꼭 쥔 손에는 뭔가 움켜쥐어야만 했던지
먹수건이 쥐어져 있다

모로 누운 부처의
뒷모습을 보는 것마냥
죽음은 일상에서 오는가

평상에 누워
미라처럼 누워
목침을 베고 누운 죽음처럼
관을 보는 것마냥

죽음은 그렇게 오는가

포도의 새순이 오르고
가지꽃은 필 듯
매미 우는 어스름

미라와 같이 누운 자
그의 이력 끝에 막노동이 팔딱거리듯
팔뚝에 그려진
물고기 문신이 푸르다

배 이야기

나무 한 그루
검게 탄
뒤란이 있는 함석집에

아궁이는 식어
허옇게 식어
그을음뿐인 집에

돌아갈 길 없다

영당에 비 내리고
뿌옇게 내리고

돌담을 끼고
명부전 가는 길

아버지
아버지의 손이 보여요

늙은 어부의 손이
보여요

흉몽인가
간밤 꿈에

아버지 아버지가
도끼를 쥔 아버지가

배를 향해
달려가고

얘야, 배가 없구나
우리에겐 배가 없구나

명부전 가는 길
영당에 비 내리고

까마귀로
아버지
보름은 굶주린 모습으로

나뭇가지에 앉아
울고 울고

아버지 진정하세요
아니다 아들아
우리에겐 배가 없구나

집은 무너지고
돌담 쌓인 집터엔
복숭아나무 한 그루

돌아갈 길 없다

비는 내리고

비는 내리고

영당 지나
명부전 가는 길
뿌옇게 비는 내리고

애야, 배를 묶으렴
배가 떠나가려고 하는구나
가서 배를 묶으렴

비는 내리고
비는 내리고
명부전에 비는 내리고

섬길

섬길 걸으면

굴구적 쌓인 길
오르막길
내리막길

화창한 날씨
갯티를 보면 절로
눈물이 나고

길섶에 핀 흰민들레
머리 한번
쓰다듬으면

산 어둠지엔
섬꿩이 운다

여기는 어디인가

산등성에서
내려다보는 섬섬은
물빛에 아른거려

찌든 때가
갯바람에 날아가고

냉이를 씹으면
생활은 아리다

벼랑에 핀 꽃아
반짝이는 물빛아

섬길 걷는
나는 어디로 가는가

다알리아와 칸나

다알리아는 말없이
말없이 피고

그 옆 칸나도
피어 붉듯 피어

말없이 타고

다알리아와 칸나를
오가는
오가는

잠자리만
몸이 뜨거워 뜨거워

앉았다
날았다

베트남 오누이
소리 없이 떠나간

수세미꽃 피는
빈집 빈 마당에

다알리아와 칸나는
피고
말이 없이 피고

가좌동

꽃도 검은
공단길은
언제나
분분히
눈이 내렸다
발자국도
새까맣게 찍힌
투명한
출근길은
언제나
젖꼭지가
메마른
고양이가
뛰쳐나왔다
무슬림
라카하가
반지하로
들어오는

언 밤은

언제나

유리창에

분분히 눈이

꽂혔다

장릉공단

무덤가에
공장들이 햇빛을 쪼였다

한가롭게
낮달은 고요히
뒷산에 떠서
머뭇거리고

공장들마다
어둠을 찍어내는지
덜컹덜컹 프레스 기계가
몸을 흔들었다

무덤가에
떼장이 푸르게 자라듯
얼굴에
기름때 묻은
이주노동자들 페달을 연신 밟아댔다

어디에서

날아왔는지

쇠박새가 삐종삐종 삐삐종

소리 내며

어두운 숲으로 날아가는

이작행

이작행 완행 철부선 여객실에
베트남에서 왔다는 새색시가
갓난아이에게 젖을 물리고 있다
섬사람 몇몇이
그 엄숙한 광경을 신기한 듯 보며
어디로 가냐고 물으니
집으로 간다고 한다
집이 어디냐 하니
이작도라고 한다
어디를 다녀가냐고 하니
설 쇠기 위해 시장에 다녀온다며
숙주나물 두부 쌀국수를 내보인다
할멈 한 분이 짐보따리에서
가래떡을 건네주며
같은 고향이라고 한다
객실 안에 햇살이 환하게 번진다

씨앗 몇알

주머니 안에 씨앗 몇알

지난여름 끝물에
받아놓은 씨앗 몇알

산길 걷다보니
주머니 안에 씨앗 몇알
손에 잡히네

흰 눈이 머지않아 내릴
어느 산길에 서서

손에 잡힌 씨앗 몇알

조강에서

옛나룻터에 서서
초생달을 본다

낮이 끌고 온
몸에서는
어두운 생각들이 배어서
떠날 줄 모르고

늙은 강에서
이마를 들어
밤에도 집을 찾아 떠나는
새소리를 듣는다

여기는 어디인가

북두는 보이지 않고
날 선 바람에
밤새 물은 뒤척거리고

어두운 늙은 강에는
구름에 가려
파리한 초생달이 떠서

흐르는데
흐르는데

옛나룻터에 서서
오랜 절망을
오랜 단절을 생각한다

이무기 이야기

황해바다 서쪽에
선접이라는 섬이 있는데 어찌나 뱀이 많은지
그 섬에 들어가려는 사람들은
뱀에게 해코지를 안 당하려고
선물로 돌을 던져주었다고 합니다
그래야지만 화를 면한다나요
뱀이 얼마나 드글드글하게 많은지

샘에도 뱀
돌무더기에도 뱀
나뭇가지에도 뱀이
칭칭 감겨 있다는데

그곳을 다녀온 뱃사람에 따르면
팔뚝만한 뱀은
뱀 축에도 못 끼고
뱀이 마치 도라무통만하다고 하고
곧 용이 될 성싶은 이무기가

지천으로 깔려 있다는 겁니다

천둥이 치고
먹구름이 잔뜩 낀 날이면
이무기라는 놈이
'우우우' 하기도 하고 '으으으' 하기도 하며
연하게 운다고 합니다

원래 이무기라는 놈이 한 백년 살다보면
용이 된다고 하는데
이곳 각흘도 가도 못도 장구도 등지에서는
알 만한 사람은 다 안다고 합니다

실제로 이곳 사람들은
반도골에서
회용돌이치며 용솟음치는
검고 기다란 용이 하늘로 승천하는 것을
보았다는 겁니다

이무기라는 놈이 또 얼마나 영험한 놈인지
한번은 미군이 기지를 만들려고
언리라는 곳에서
땅을 파다 새끼손가락만한 실뱀이 나와
총으로 쏘아죽였는데

그 미군 병사를 아침에 보니
이무기라는 놈이
잠자던 군용야전침상을
칭칭 감아 얽어죽였더라는 겁니다
그 일로 미군은 철수하고
군인들은 뱀섬이라고 접근을 못했더랍니다

그후 외지에서 들어온
어느 노부부가 뱀을 주식 삼아 먹으며
병을 고칠 양으로
그 섬에서 살았더랬는데

언제 한번 뱃사람이 가보니
온몸이 뱀껍질마냥 변해 있더랍니다
사람들은 그것을
'산지골 걸렸다'고 합니다
그 노부부 산지골 입어 죽었다고 합니다
산에서 나놓은 것을
먹어서 그랬다는 겁니다

아무튼 이무기라는 놈은
날이 궂으면 울기도 하거니와
각흘도 가도 못도 장구도 등지를 헤엄치며
바다를 쉐어온다고 합니다

그 징글징글한 놈이
낭구를 타고 건너다니기도 하고
사람들이 산나물이라도 뜯으러 갔다가
작은 뱀이라도 해치면
와글와글 나타나서

도무지 발 디딜 틈이 없을 정도랍니다

그래서 이곳 각흘도 가도 못도 장구도 등지에서는
제삿밥이나 국에
사람의 머리칼이 들어가면
뱀과 똑같다고 하여 먹지 않는다고 합니다
죽은 구혼이 안 먹기 때문이라고 합니다

여하튼 영물이긴 영물인 이무기가
지금도 이 섬 저 섬으로
바닷물을 쉐어
건너다니기도 하다가
백년이 지나면
용으로 승천을 하는데

하늘에서 천둥이 치고
이무기가 용이 되어 구름을 얼싸
검은 것이 길게 늘어져 올라가는데

바다가 뒤집어지고

파도가 시고

물결이 새하얗게 인다고 합니다

북새

북새*가 피면

바람이
잠잠하고

수묵 바다가
잠을 자듯

북새가 노닐면

저녁
굴뚝에
실오라기 연기

하루
갯티가
고요히 저무는

북새가

피는

두어물 바다

*북새: 저녁 바다에 피는 노을.

전라도 아지매

갈치젓갈
절인 냄새 정도 나야
남도다

곰삭은 듯
푹 삭은 냄새가 나야
제맛인 것처럼

동박새 울듯
아지매
아지매

전라도 아지매야

동백꽃 필 듯
웃음꽃이 나야 남도다

봄바다

아홉물 바다
갯티에서 쪼아온
생굴 한 보시기

간장에 훌훌
생굴회로
말아먹으면

저리 뼛속 타는
시린 겨울도
내빼는 것을

저기 봄바다
전어떼 뛰는
은비늘 물살 너머

동지나해에서
항구로 들어오는

안강망 어선

보름사리 보고
들어오는
안강망 어선

갈치 전갱이
넙치 물텀벙이

어창 가득 싣고
푸르른
해도를 따라
들어오는가

봄바다 어디쯤
나의 순수는
들어오는가

봄바다에 서면
나의 허기는
허기가 아니다

교동에서

흰 살구꽃
피는
염하 건너 교동

바다 너머
닭 우는 소리
가깝게 들린다는
봄 밤바다를
고요히 고요히 듣노라면

칠흑 같은 어둠속
막배도 없고
건너갈 배도 없는 이 적막의 바다엔

차르륵 차르륵
조개껍데기를 밟고 지나가는
저녁 물때만이 저 홀로
들어왔다 나가고

밤의 대치를 알고나 있는지
아무렇지도 않게
봄밤의 달빛은
마냥 바다 위를 지납니다

제2부

장자의 꿈

바닷가 햇빛에 앉아
너럭바위에 앉아
당신과 나
아이와 함께 천년을 바위 속으로 들어가
사슴과 목단과
시냇물이 흐르는 집에 들어가
벌거숭이 몸을 드러내고
볼따구니가 터지도록 머구쌈을 먹으며
사는 꿈 그거 알아 그런 꿈

간밤

이른 아침 부둣가 간선을 기다리는데
갯티 가는 할매들이
옹기종기 모여 이야기꽃을 피웁디다

간밤이라는 곳
뜨거운 공장인지 막 고아내온 이야기들이
바다비오리 줄줄이 떼지어 물 위를 흐르는 것마냥 갑디다
언 겨울바다 위를
막 피어 줄지어 갑디다

보살집

1
미륵보살이라는 깃발을 내걸고
점을 치는 골목 안 보살집
곱사등을 한 여자가 이따금씩 고봉으로 담은 생쌀을
대문 앞에 내어놓기도 하고
저녁때가 되면
천수를 비는지 목탁소리가 흘러나온다

2
일파만복
언젠가 강신이 내려 용하다는
늙디늙은 만신이
내 얼굴이며
내민 손금을 가만히 보곤
큰 파도가 휩쓸고 갈 상이여 하며
점괘를 내놓았는데
풍파는 많았으나 복은 없는 인생
인생이란 네 자로도 축약할 수 있다는 것을 떠올리며

나는 골목 안 보살집에

들고나는 사람들을 생각할 때가 있다

침

세상을 어둡게 보아서인가

점자를 읽어내리던
손을 잠시 거두고
침구사는 내게 말한다

화가 머리에 응혈되어 있어
풀어야겠습니다

짚었던 맥을 가만히 놓더니
몸을 지켜야지요

침을 놓는 장님의 손은
천수의 눈을 가졌는지

혈맥을 짚더니
혈자리를 찾아 침을 놓는다

기혈이 뚫릴 때까지
침을 맞아야겠습니다

천수의 손은
머리며 다리며 좌우의 팔을
가지런히 눕히더니

춘란 몇촉 올라오는
햇살 환한 창가를 바라보며
온몸에 시침을 하는 것이었다

문

문을 그저 문이라고 생각했다

사람의 몸에도 문이 있지요
위가 문이지요
장부가 생각을 낳지요

띄엄띄엄 한의사가
맥을 짚으며
말을 이어갈 때

내 머릿속은 온통
머리로 생각하는 법을
바꿔야겠다
장부로 생각하는 방법을 배워야겠다
물구나무를 섰다

암만 열어도
열리지 않는 문은

생활이 모자라는 까닭이다*

오오 한의사여
내게 문을 갖다주었구려
세상의 문은
또 어디에 있는가

문을 그저 문이라고 생각했다
암만 열어도
열리지 않는 문이 내게도 있다

* 이상 「가정」에서.

굿당

어느날 나는 어느 산길에서
시간을 보냈으나

등뒤로는
늙은 나무가 서 있었다

이름도 모를 야생초의
까만 얼굴을 들여다보기도 하고
가만히 몸을 들여다보기도 하고
매만져보기도 하다가

어느덧 그 냄새들이
방 안까지 따라왔다

나는 또 어느 산길을 걷다가
바위를 쓰다듬기도 하다가
나무들을 쳐다보기도 하다가

돌무덤을 한참이나 보았다

그때마다 들렸던가
산길로 뻗은 마을 어디에선가 들리던
굿당의 꽹과리 소리

또 누군가 죽었는지
천수를 비는지
극락을 비는지
또 누군가 왕생을 비는지

굿당은 어둠과 함께 나와 나를
껴안고 매만지다 쓰다듬다가
산길을 내려오는 나를 지켜볼 뿐이었다

흰 꽃

흰민들레꽃이 보일 때가 있다
낮달은
환한데

종소리가
공중에서
떠돌 때가 있다

때때로 보이지 않는 것이
보이는 것보다
더 고통스러울 때가 있다

나를 키우는 것은
절망뿐

별들이 돋을 때
사방이
어둠으로 눈을 뜰 때

그때

내 노래가 다하면

흰 꽃으로

돌아갈 수 있으리

배를 기다리며

옛부둣가에 서면
무너진
부둣가에 서면

이지러진
초생달이 보여요

조금밤을 지나는
산산이 흩어지는
몇조각
구름이 보여요

면도를 하지 않은
아버지 얼굴이 보여요

아버지 돌아오지
돌아오지 않고

귀를 열면
그믐사리
쏟아지는 바람소리가 들려요

피에 젖은 두 손으로
얼굴을 감싼
뱃사람이 보여요

가빠오는
내 숨소리가 들려요

왜 자꾸 어두워지죠
왜 자꾸 힘이 들죠
왜 자꾸 숨이 차오르죠

아버지 벼랑으로 가요
나와 함께
꽃을 따요 어여쁜 꽃을

서쪽 바다를 봐요
초생달이 막
움터오고 있어요

우리를 싣고
떠날
배가 오고 있어요

바다 거미

무엇을 구하기 위해 너는 내려오는 게냐
내가 낮달을 보는 순간
너는 어둠으로 치장해서
침묵으로 내려오는 것이냐
숯검댕이마냥 너는 빛나는 게냐
허공에 대롱 매달려
무슨 사상을 낳을 것마냥
너는 포즈를 취하는 게냐
무엇을 위해 너는 외줄을 타는 게냐
무엇이 되고자 너는 상승을 모르느냐
아득바득 생사를 걸고 있는 게냐
마냥 생활을 조소하고 있는 게냐
너는 무엇을 위해 허공에서 발버둥치는 게냐

어선 춘덕호

　백아도라는 섬에 흑산도 칠산바다 연평도 어장으로 동백하 육젓 추젓 조기 등을 잡으러 다니던 춘덕호라는 배가 있었습니다 어느날 굴업도 선단여 근방에서 그물질을 하는데 기이하게도 아랫도리는 인어에다 윗도리는 민어를 닮은 물고기가 걸려서 영물을 잡으면 부정이 탈까봐 새끼치고 살라고 놓아줬습니다 그런데 그날따라 물고기가 잡히지 않아서 조기떼를 쫓아 사방을 헤매기 시작했는데 그만 해무가 끼어 한치 앞을 보지 못하는 바람에 그길로 월경을 하여 북으로 간 모양입니다 시꺼먼 조금밤에 해주인지 남포인지 알 수 없는 곳으로 가서는 난생처음 칙사 대접에 호강을 누리고 지상낙원이라는 북쪽에 남을 사람은 남고 가족이 있어 남쪽을 택한 사람은 얼마 있다가 남으로 왔습니다만 그곳에서 호사를 받은 것이 이쪽에서는 그만 죄가 되어 모진 고문을 당했다고 합니다 그후로 배를 타지 못한 춘덕호 뱃사람들 얼마나 고초를 당했으면 입에 무거운 추를 달아놓은 듯 북쪽 말만 나오면 입 한번 벙긋하지 않고 피붙이가 물어봐도 대답하지 않고 오죽했으면 죽어서 무덤까지 가지고 갔겠습니까 이곳 울도 백아도 문갑도 소야도에는 한 집

건너 두 집 월경을 해보지 않은 뱃사람은 한 명도 없습니다
만 덕적군도 인근 섬에서는 지금도 해무가 낀 날이면 그 영
물을 혹여 볼 수 있을까 하고 눈에 심지를 켠다고 합니다

칼치

아버지의 이름은 칼치였습니다
고향에서는 가장 키가 컸던
안강망 고깃배를 타던 뱃사람
사람들은 아버지를 칼치라고 불렀습니다

나는 어부의 아들이었지만
아버지는 공장노동자가 되길 바랐습니다
마포자루를 깎는 제재소에
취직을 하라며 자리를 마련했습니다

얘야, 공장에 자리를 마련했단다
배는 안된다며,
아버지, 나의 아버지 나의 아버지여

지금도 나는 기억합니다
황해바다를 떠돌다 들어온 아버지의 몸에는
비린내보다도 더 짙은
광기가 있다는 것을

아버지는 술을 먹습니다
아버지는 살림살이를 때려부수고
술이 깨면 순한 양이 되어 항구로 갑니다
그믐사리를 보러 배를 타고 바다로 갑니다
그때 집의 바람벽에는
가화만사성이라는
액자가 걸려 있었습니다

아버지의 손에는 물때가
아버지의 손에는 언제나 그물코를 꿰는 댓바늘이
쥐어져 있었습니다
그물코를 꿰는 아버지의 두툼한 손에는
칼바람을 쥐어본 자의
굳은살이 못박혀 있었습니다

내가 집을 나와 공장생활을 할 때
아버지는 눈이 어두워 배를 탈 수 없는

처지가 되었습니다
항구에서 그물코를 꿰는 일당쟁이가 되었습니다

나의 공장생활은 목재공장에서 시작되었습니다
공장으로 투신한 나의 삶
사상을 위해 나는 노동자가 되었습니다
현장노동자가 되었습니다

나는 지금 노동자로 살지 못하고 있는
나를 봅니다
나의 흰 손을 봅니다
아버지는 내게 배는 타서는 안되고
공장노동자가 되어 밥벌이를 하라고 했지만
나는 그러지 못했습니다
아버지, 나의 아버지 나의 아버지여

폭풍우와 같이 사나운 바람의 날들과
어둡고 침침한 집과

공장의 슬레이트 지붕에서 새어나오는 한줄기 빛을
나는 지금도 잊지 못합니다
비린내나는 몸으로 나를 안아주던
아버지의 품을 나는 잊고 살아왔습니다

가끔씩 나는 생각합니다
아버지, 나의 아버지 나의 아버지여
나도 일찍 배를 타고
뱃사람이 되었더라면
연평도와 남지나해와 동지나해를 오가는
뱃사람이 되어
눈뜬 물고기를 보고
황해를 항해하는 꿈을 꾸었을 겁니다
하지만 아버지, 나의 아버지 아버지여

고향은 이제 황폐하고
나에겐 탈 배가 없습니다
부둣가는 무너지고

배들은 뻘밭에서 폐선이 되고 있습니다
어장에 물고기는 없어지고
남북의 대치는 아직 끝나지 않았습니다
밤은 아직 캄캄하고
선연한 총구를 마주한 눈빛은
어두운 밤바다를 응시하고 있습니다

잡히지 않는 물고기와
날로 폐허가 되어가는 고향 마을과
배 한 척 없는 부둣가와
쓸쓸하게 나는 갈매기만
고향의 어루뿌리 어루바다를 날 뿐

늙으신 어머니 곁에서 늙어가는 당신의 아들은
웅크리고 앉아 시를 씁니다
내 손은 그때 내가 처음으로
얘야, 공장에 자리를 마련했단다
낮은 목소리로 내게 말을 건네던 그날처럼

떨리고 긴장하며

오늘, 내 시는 아버지와 아들을 기억합니다

간선

어디 가시껴
울도에 갑니다
그 먼 섬에는 왜 가시껴

간선에
몸을 실은
섬사람 틈에

머리가 허옇게 센
할배가 말을 건넨다

객선은 텅 비어
섬으로 일하러 들어간다는
용접공 서넛이
심심풀이 화투를 치고

발전소로 근무하러 간다는
젊은 전기공은

개평꾼이 되어 고리를 뜯는다

목침엔
엄동의 햇살이
따사롭게 내려앉아 있고

객실은 난로도 꺼져 냉랭한 한기뿐
짐승을 닮은 섬들이 쓸쓸히 지나갔다

박꽃

박꽃이 피면 환하다
환한 바닷길
환한 밤
환한 지붕

환한 것에는 내력이 있다
한 끼의 밥을 위해
굴껍데기 밀려온 바닷길을 따라
걷던

박꽃이 피는 밤

그믐밤 소라를 잡으러 가는 길 위에 서서
바라보던, 흰 박꽃

굴봉 까는 저녁

물때에 젖은
야윈 손이

한 종지
강굴을 까서
앞에 놓고

공양하듯
모시고 앉아

돌부처마냥
웅크리고 앉아서

시장통을
오가는
어둠을 바라보는

굴봉을 까는 저녁

조금달

방 안 가득 들어오시나

들물 오듯
들물 오듯

아내여 일일랑
잠시 덮어두오

낯이 설움에 겨워서
새까맣게 게워내는 밤에는

거미도 그물을 거두고
칠흑 속으로 새까맣게 사라지는
귀뚜라미 우는 밤에는

추석 무렵

햇고구마 순을 다듬고
산도라지를 다듬는 손길이 부지런도 하여라
누구의 입에 서로 나눠먹을 것인가

가을빛 손때 묻은
바쁜 손길에 내려앉은
갱 줍는 고향 모습일레

가슴이 뜨거울레라
가슴이 시방 뜨거울레라

바닷가 집

신발이 방문 쪽으로 가지런히 내여 있다

조금이라 뭍에 나갔는지
인기척이 없는 집

돌담 언저리엔
벙구나무 어린순이 자랐다

빗소리 잦은 날
할매 혼자 살고 있는
낡은 집에 들르면

약술이라며 갯국화주와
박대묵을 내줄 때가 있었다

빗소리 들으며
말동무가 되어준 적이 있었다

갈쿠리를 닮았다며
얼굴을 가리며 웃던 손

자글자글 쪼그라든 입에서
절름발이 딸아이
초산 얘기를 할 적에는

매년 이맘때쯤 온다는
뻐꾹새도 깃을 묻고 울어주었다

굴을 쪼는 일

굴을 쪼는 일은
추위를
따는 거라지

허리를
굽히는 것보다
펴는 것이
더 힘이 든

굴을 쪼는 일은
추위를
꼭꼭 쪼는 거라지

갯바위가 온통
허옇게 굴껍데기로
뒤덮일 때

비로소 추위는

떠나가는 거라지

생활은
추위 같은 것

살얼음 핀
언 갯바위에
수북한 굴구적마냥

겨울 한철을 보낸
쇳부리가 무른
굴방쇠를 보는 것마냥

굴을 쪼는 일은
갯굴헝 어둠을 닮은
생활을 쪼는 일이라지

깽녀

따뜻한 돌담에 기대서서
바다를 보면

가계가 대대로 바닷가였던 자월도 별남금에서
배를 타고 오월 바다를 건너
섬에서 섬으로 시집왔다는 깽녀

꽹과리같이 걸핏하면
떠든다고 해서 붙은 이름 깽녀

나는 얼굴도 모르는 할머니 이름을
부를 때마다

바닷가 오백년 묵은 당산나무가 떠오르고
왁자지껄한 웃음소리가 들리던 제삿날 밤이 생각나고
갑오년에 섬으로 들어왔다는
내 눈썹과 닮은 할아버지가 떠오르고

우리집 지붕에 살던 구렁이는 커서
용이 되어 하늘로 올라가는데
갯바탕에 매여 뭍 한번 못 밟고 바다귀신이 되는구나

한겨울 밤을 울리던
깽녀가 불렀다는 수심가는
함석집 돌담을 넘어
다시 돌아오지 않는 겨울바다로 가고

따뜻한 돌담에 기대서면
배를 타고 오월 바다를 건너와
섬에서만 살다가 죽었다는 깽녀가 떠오를 때가 있다

굴업도

1

덕적군도에는 변경의 비참이 잠들어 있다

목멱산이 되기 위해
황해를 건너오다
그만 먼저 당도한 산이
목멱산이 되었다는 이유로
화가 난 마귀할멈
주먹으로 산을 내리쳐
산산이 군도가 되었다는
덕적군도의 유래에는 비극이 서려 있다

선갑도 울도 백아도 굴업도
장구도 묵도 각흘도
세상에 이름도 얻지 못한 섬들이
사는 덕적군도에서
자고로 섬에서 살아보지 못한 사람들은
섬이 얼마나 고난을 지고

살아왔는지 모른다

덕적군도 사방 곳곳
짐승을 닮은 섬들이
어둠속에 울고
수많은 뱃사람들을 집어삼킨
소용돌이치는 반도골이 얼마나 사납게
울어대는 수천 길 수심인지를
뭍사람들은 모를 것이다

한 끼의 양식을 위해
집채만한 파도를 넘고
죽음을 넘고
섬으로 섬으로 무인도로
한겨울의 모진 파도와
뼛속 깊이 살을 에는 아픔을 안고
맨손 맨몸으로
살아보지 않은 사람들은 모른다

두 손이 갈가리 찢기고
허리가 끊어지는
통증을 참으며
온종일 갯바탕에 엎드려
굴을 캐는 노동이
얼마나 고된지
섬사람이 되어보지 않고서는 모른다

들어보라
여기, 수천의 파도로 휘몰아치는
덕적군도의 수난이 있다
온 섬이 짓밟히고 있다
변경의 비참이 끝나지 않았다
제아무리 목놓아 외쳐도
뭍사람들은 들으려 하지 않는다
귀 막고 눈 막고 입을 막는다

들어보라

사람들아! 나는 굴업도다

사람들아! 여기에 섬이 있다

사람들아! 나는 먹구렁이 황새

왕은점표범나비 검은물새떼알이다

우리집이 사라지려 한다

　　2

　황해 용왕도 오고 연평바다 장산곶 어루바다 지키는 용왕님네 문갑도 선갑도 못도 울도 백아도 천지신 곰바위 선단여 지키는 할망도 오소서 모두 모이소서 들어보소서 천년만년 살고자 했던 굴업이 사라진다더이다 어느 기업이 이곳에 골프장을 짓는다니 어찌하오 미천한 우리의 뭇 형제인 먹구렁이 애기뿔소똥구리 왕은점표범나비 황새가 사라진다더이다 대대로 여기에 뿌리 내리고 살아온 미천한 우리에게까지 손을 뻗쳐 모두가 사멸할 운명에 처했나이다 백두산 삼수갑산 지리산 한라산 할망 할배 구월산 연평도 임경업 장군님네 모두 모이소서 조기잡이 나간 동사 화장

까지 모두 모이소서 갯바탕에 나간 울 할매 새우잡이 꽃게 잡이 나간 울 할배 모두 모이소서 횃불을 밝히소서 목넘이 방구나무골 소샌골 넉바위 쪽끼미 엇상사바위 마당여 준치 여 느다시뿌리 개머리뿌리 때부루뿌리 모이소서 큰잿산 북 망산 때부루산 덕물산 연평산 노랑여 돌뿌리 단개비여 모 두 모이소서 삶이란 대저 무엇이오 파헤치고 짓뭉개는 것 이 생명이오 제아무리 하찮은 미물일지라도 먹고살아갈 권 리가 있소 말할 권리가 있소 삶의 둥지를 빼앗으려는 자들 앞에 어찌 굴복하고 살라는 말이오 어찌 인간이란 자기밖 에 모른단 말이오 밥을 달라 해서 내 몸 일부분을 깎아주었 소 사나운 바람에게도 몸을 내주고 사방에 널린 굴과 가막 조개를 나눠주고 풍랑에 떠밀려온 인간을 살려주었소 허나 그것도 모자라 이제는 내 몸 전체를 달라 하오 내 온몸에 생채기를 내려 하오 우리 모두를 내쫓으려 하오 다시 묻노 니 굴업도의 주인이 누구요 누구란 말이오 누가 대대로 살 아온 황해의 정원을 짓밟으려 하오 파헤치려 하오 누가 우 리의 터전을 나가라고 하오 오소서 오소서 오소서 갯벗나 무 굴거리나무 먹구렁이 애기나리 살모사 물거리나무 누리

장나무 청미래덩쿨 자귀나무 엄나무 붉나무 찔레꽃 피나무
칡마삭줄 멍석딸기 팽나무 광대싸리 해당화 다래 산뽕나
무 생강나무 섬분꽃나무 순비기나무 산초나무 팥배나무 물
푸레나무 뱀딸기 금방망이 금불초 산국 뚝갈 점박이천남성
세뿔석위 황해의 살아 있는 뭇 생명들 모두 오소서 여기 덕
적군도 굴업도로 오소서 오셔서 지키소서 천년만년 터전을
지켜주소서

덕적군도

고향 사람들을 보면 모두가 닮은 얼굴이다

갯티 얼굴에 찌든 사람들을 보면 모두 한 동서 같다

햇굴이 나오는 갯티에서 만나는 사람 모두가 고향 같다

입냄새가 같은 고향 사람들을 만나면 모두 한 동서 같다

검댕이 아재

먹감나무 가지에
밤새 내려앉은
흰 눈

꽁지가 새하얀 할미새
꼭꼭 부리로
언 찬밥을 쪼며
아침을 드시나

찬은 없지만
정성스레 공양을 먹고
그 힘으로

얼어붙은 지상을 비상하는
풍찬노숙의 행려

아재 울 동네 검댕이 아재 아재

물목에 와서

봄밤은 새순 올라가는 때
장구꽃대가 올라가고
벙구순이 올라가는 때

바다에서는
고깃배가 떠가고
멀리 떠나고

물살도 거센
부둣가
물목에 와서

여기서 생활을 본다

내 몸속에 마음이 움직이는 연유
내 속에 내가 아닌 내가
불화를 겪는 연유

이월 바다

검은여 위로

새파라니 초생달이 떠간다

봄밤

환한 소리가 꽃을 피우는가

마당 언저리
천둥이 울다 간 자리

환하게
꽃이 열린다

저 스스로 몸을 내맡겨
낙화하는

빗소리
빗소리
빗소리

그 무엇도 수락하지 않을 듯
방심도 없이
곧은 소리는

곧은 소리를 부른다*

마당에 웅크리고 앉아
빗소리 들으며
나 흘러가 머물 곳을 생각한다

* 김수영 「폭포」에서.

소랫길

협궤열차 철길을
더듬어 오면
싸리꽃이 제 세상이다

아직도 빨갛게 익은
산딸기 맛은
쌉쌀하고 달콤하다

사금파리 쟁쟁한
달맞이꽃 환한 이 길은

새우젓 사러 간
어머니 함지박 이고
오던 길

해거름 애저녁
갯비린내 쑥부쟁이 냄새
들물과 함께 들어와

산딸기 풀어놓던 소랫길

굴막집

화톳불 연기 내음 나는
만석부두께

햇빛 좋아
쪼그려앉아 있자면

어두운 굴막에서 나오는
사람들

아직 꽃샘추위도
일러

굴을 따러 묵세기* 떠난
바닷가 집 몇채

텅 빈 굴막집은 한없이
밝고 환하여
오히려 눈부시다

배가 올 때까지
배가 올 때까지

불씨 한점 없이
잿더미로 남을 때까지

여기까지 와
부둣가에서
언 몸이 언 몸을 만진다

* 묵세기: 배에서 며칠씩 자면서 굴을 따는 일.

고요한 비애, 반복의 심미화
박수연

　이세기는 그의 노래가 다할 때 "흰 꽃으로/돌아갈 수 있으리"(「흰 꽃」)라고 넌지시 희망한다. 아니, 이것은 희망이라기보다는 어찌할 수 없는 빛바랜 운명의 수락과도 같은 것으로 내게는 읽힌다. 어찌할 수 없는 운명이라면 그것은 차라리 낙담과도 같은 것일 텐데, 실제로 시인은 "나를 키우는 것은/절망뿐"이라는 진술로 그 분위기를 키워올린다. "보이지 않는 것"의 힘, 요컨대 노란 민들레를 흰민들레로 만들어버리는 것과 같은 모종의 힘이 그를 더 고통스럽게 한다는 진술도 덧붙어 있다. 그렇게 고통을 야기하는 힘이 출현하는 경로를 잘 보여주는 것은 "별들이 돋을 때/사방이/어둠으로 눈을 뜰 때"라는 구절이다. '별'은 희망의 상징이라는 것이 상식이지만 그 희망과 함께 '어둠'이 펼쳐지기 때문에 그 상식이 결정적으로 차단된다. 여기에는 독자들이 미처 자기화하기 어려운 의미의 산개가 있다. 시의 언어가 의미화하는 것은 희망인가 절망인가. 아니면 그 두 힘 사이에 있는 어느 한 곳인가. 알 수 없는 그것을 수락할 때 바로 운명이 등장할 것이다.

첫 시집 『먹염바다』에서도 이미 선연했지만, 그의 두번째 시집 『언 손』은 세상을 묵묵히 견디는 자의 운명에 대한 기록이다. 시 「첫여름」은 그 일상의 반복을, "세상을 견디는 목소리"의 목적을 알 수 없는 "치성"으로 바꿔놓은 작품이다. 정확히 말하면 그의 시의 주인공들이 견디는 것은 이유를 납득할 수 없는 조건들이다. 그렇기 때문에, 그 조건을 정념화하는 절망의 수락과 함께 나타나는 것은 울부짖음도 아니고 외마디 비명도 아니다. 오히려 인내와도 같은 태도가 앞서기 때문에, 독자들의 눈앞에 놓이는 것은 서해바다의 바람과 물결을 맞받으며 삶을 끌어가는 존재들을 그저 바라보기만 하는 사람의 고요함이다. 시집을 여는 작품 「염하」가 "누군가 (…) 강의 북두를 바라보고 있다"는 구절로 마무리되고, 두번째 작품 「물이 나간 자리」가 "허공을 바라보고 있다"는 구절로 끝나는 것은 그러므로 단순한 마무리 이상의 의미를 갖는다. 그것은 정말로 침묵하며 바라보는 자의 태도를 형상화한다고 해야 한다. 가령 「굿당」에서 산길을 걸으며 나무, 바위, 돌무덤을 관찰하던 시인은 굿당의 꽹과리 소리를 들으며 이렇게 시를 마무리한다.

굿당은 어둠과 함께 나와 나를

껴안고 매만지고 쓰다듬다가

산길을 내려오는 나를 지켜볼 뿐이었다

—「굿당」 부분

여기에는 지켜보는 행위의 전도가 있다. 시인은 앞 연들에서 '들여다보고' '매만져보고' '쓰다듬고' '쳐다보는' 행위를 하는 사람이지만, 인용 구절에 와서는 굿당에 의해 그 행위를 당하는 존재로 자리바꿈된다. 이것은 단지 삶의 수동적 상태를 지시하는 것이 아니다. 차라리 그 자리바꿈은 죽음이 표상하는 격렬한 비극마저도 주체와 객체 모두에게 조용한 일상적 사건의 편린에 지나지 않는다는 사실을 알려준다. 주체도 그렇고 객체도 그렇기 때문에, 어느 누구도 이 조용한 비극의 일상성을 벗어날 수가 없을 것이다. 비극이 조용하다면, 조용한 삶 모두가 비극이라는 심리가 이미 형성되어 있기 때문이다. 「가좌동」은 조용한 공단길의 일상과 이주노동자의 일상이 노동현장의 풍경인 듯도 하고 눈 내리는 겨울의 서정인 듯도 한 애매성으로 겹쳐져 있다. 그것도 일상이기 때문일 것이다. 따라서 그것은 비애이기도 하다. 시집은 서시에서 "자궁을 열듯 쏟아지는/울음소리/울음소리"(「염하」)를 통해 슬픔의 압도적인 정서를 열고는, 마무리에서 "여기까지 와/부둣가에서/언 몸이 언 몸을 만진다"(「굴막집」)며 비애의 중층성을 걸어놓는다. 서해 고유의 역사적 신산함이 영향을 주었을 비애의 정서, 그러나 유별나게 강조되지 않는 그 정서는 『언 손』에서도 여전히 주조음이다.

이 조용한 비극의 정서가 시인 개인의 미적 감각으로 전형화된 작품이 「흰 꽃」이다. 마지막 연에서 시인이 '흰 꽃'이 상징하는 세계와 화해하는 방식이 그렇다. 노래가 끝날 때 '흰 꽃'으로 돌아갈 수 있으리라고 시인은 말한다. 이 예상이 특이한 것은 '꽃'의 이미지 때문이다. '꽃'은 아무래도 승리 내지는 성취와 관련되는 것이 일반적이다. 그러나 비애의 정서를 주조음으로 하는 삶에서 꽃은 하얗게 바랜 절망과 연결된다. 시인 오장환이 일찍이 '나의 노래가 끝나는 날은 내 가슴(무덤)에 아름다운 꽃이 피리라'(「나의 노래」)라고 노래했을 때, 꽃은 그가 암울과 슬픔의 과정을 거쳐 죽음을 무릅쓰고라도 끝내 쟁취해야 할 것들에 대한 표상이었다. 한국 근현대사를 거쳐오는 심미적 고투의 육성으로 희망을 노래하는 일은 어찌보면 너무나도 당연한 일이라고 할 수 있다. 죽음 이후의 영광이 모든 고통을 보상해주리라는 생각이 여기에는 있다. 그러나 이세기는 고투의 영광도 처참의 외침도 멀리한 채 조용히 세상을 바라본다. 그의 꽃은 절망 속에서 하얗게 바랜 꽃이다.

그러니 그가 서해의 비참을 모른다고 할 수는 없다. "굴을 쪼는 일은/갯굴형 어둠을 닮은/생활을 쪼는 일"(「굴을 쪼는 일」)이라는 진술로 서해 어민들의 생활을 표현할 때, 그 '생활'이 "굴구적같이 쓸쓸하"(「섬으로 떠나는 셋째형을 배웅하며」)다고밖에 말할 수 없을 때, 삶의 비애가 저 암울한 현실을 배면에 깔고 갑자기 두드러진다. 이번 시집에서 거의 눈에 띄지 않는 격렬한 감정을 예외적으로 보여주는 시 「굴업도」는 "덕적군도에는 변경의 비참이 잠들어 있다"는 말로 시작해서 이렇게 이어진다.

>   자고로 섬에서 살아보지 못한 사람들은
>   섬이 얼마나 고난을 지고
>   살아왔는지 모른다
>
>   (…)
>
>   들어보라
>   여기, 수천의 파도로 휘몰아치는
>   덕적군도의 수난이 있다
>   온 섬이 짓밟히고 있다
>   변경의 비참이 끝나지 않았다
>   제아무리 목놓아 외쳐도
>   뭍사람들은 들으려 하지 않는다

귀 막고 눈 막고 입을 막는다

들어보라
사람들아! 나는 굴업도다
사람들아! 여기에 섬이 있다
사람들아! 나는 먹구렁이 황새
왕은점표범나비 검은물새떼알이다
우리집이 사라지려 한다

—「굴업도」부분

역사적 수난에 덧붙여서 굴업도의 재난을 생태적인 영역으로 일약 전환시키는 것이야말로 모든 현재를 역사적 현재로 의미화하는 시적 능력일 것이다. 최근 모 재벌기업에 의해 굴업도 개발사업이 추진되던 정황에 대한 비판을 생태적 요구사항과 결합하여 "우리집이 사라지려 한다"라고 시의 1부를 마무리하는 것이 의미있는 이유가 여기에 있다. 그런데 시를 읽는 사람의 마음을 치는 것은 중략된 곳에 씌어진 절규이다. "두 손이 갈가리 찢기고/허리가 끊어지는/통증을 참으며/온종일 갯바탕에 엎드려/굴을 캐는 노동"의 비참이 그 절규의 원인이다. 그 사실을 아는 순간, 굴업도에서 진행되는 저 오랜 역사 속의 노동을 뭍사람들은 알지 못한다는 비판 위에, 뭍사람에 의한 굴업도 주민들의 소

외와 착취라는 잠재적 의미가 부가된다. 이를테면 뭇사람인 우리는 '한 끼 양식을 위해 죽음을 넘어야 하는 존재의 아픔'을 전혀 알지 못했다는 사실을 부끄러워해야 하는 셈이다. 이런 의미에서 뭇사람 모두는 굴업도 개발을 진행하는 자본의 모습을 닮아 있는 자들일 것이다. 한때의 정치주의 편향성을 빙자하여 모든 경제주의를 새로운 구세주로 찬양하는 21세기형 개발독재시대가 바로 지금이라면, 그 책임이 뭇사람들의 것이 아니라고 누구도 쉽게 부정하지 못하는 시대 또한 바로 지금이다. 굴업도 개발은 그 역사적 행간의 쟁투를 재현한다고 시인은 외쳐 말하고 있는 것이다.

이 예외적인 외침이 도드라지는 것은 '외침'과는 대비적인 '조용한 바라봄'이라는 주조음 때문이다. 이세기의 언어들은 대상을 가만히 어루만지며 사생(寫生)하는 거리화의 방식으로 구성된다. 그의 언어는 대상들의 내부로 난폭하게 난입하여 그 대상을 주관적인 해체의 표현으로 사로잡는 현대시와는 거리가 멀다. 그의 시는 대상들의 표면으로 올라와 움직이는 내면의 징조들을 대상 자체에 대한 묘사로 일관하여 완성된다. 물론 그 징조들이란 대상들에 즉하여 움직이는 시적 심성을 객관화한 것일 터인데, 그것이 대부분 단정한 외모를 하고 있다. 「언 손」에서처럼 한두 어절씩을 한 행으로 배치한 경우도 대표적이지만, 죽음을 바라보는 극적인 순간을 표현하는 때에도 시인의 시선은 정갈

한 자세를 잃지 않는다. 그것은 시인을 사로잡는 대상의 태도가 그렇기 때문일 것이다.

> 모로 누운 부처의
> 뒷모습을 보는 것마냥
> 죽음은 일상에서 오는가
>
> 평상에 누워
> 미라처럼 누워
> 목침을 베고 누운 죽음처럼
> 관을 보는 것마냥
> 죽음은 그렇게 오는가
>
> 포도의 새순이 오르고
> 가지꽃은 필 듯
> 매미 우는 어스름
>
> 미라와 같이 누운 자
> 그의 이력 끝에 막노동이 팔딱거리듯
> 팔뚝에 그려진
> 물고기 문신이 푸르다
>
> ─「문신」 부분

죽음은 일상에서 오고, 일상은 신생이 펼쳐지는 순간("포도의 새순이 오르고")을 죽음과 겹쳐놓는 장소이다. 그 죽음과 신생이 서로를 지배하지 않고 대등하게 겹친다는 점이 중요하다. "죽음은 일상에서 오는가"라고 시인이 묻자마자 그 죽음이 가진 이력으로부터 '물고기 문신이 푸르게 팔딱거리는' 사태가 벌어지는 것이다. 이 정황은 그러므로 죽음을 동반하는 신생이거나 신생을 동반하는 죽음이라는, 반대의 경우가 서로를 끌어당기면서 공존하는 상태를 지시하는 것이 아닐 수 없다. 반대의 경우가 서로 연해 있기 때문에 독자들이 예상하는 것은 둘의 뜨거운 충돌이거나 시끄러운 갈등이다. 시는 그러나 그 예상을 배반한다. 시인이 시적 종결을 구성하는 태도는 갈등의 격렬함이 아니라 대립하는 두 영역을 슬쩍 결합해놓는 거리두기이다. 이 거리 앞에서 정갈한 자세가 나오는 것이다.

'조용한 바라봄'의 태도를 은폐된 대상 지배의 욕망이라고 분석하는 것이 정신분석학의 무의식 이론이겠지만, 적어도 이세기의 시적, 의식적인 현실 속에서 대상 지배의 욕망을 읽어내는 것은 지나친 자의적 해석이기 쉽다. 그의 시는 대상을 지배하여 죽임으로 나아가기보다는 대상의 응시를 통해 살림으로 나아가는 태도를 심미적으로 드러낸다고 해야 한다. 무의식 담론을 원용하려면 오히려 대상에 의해 시적 주체가 관찰·규정되고 있다는 사실이 중시되어야 할 것이다. 그가 「굴업도」에서 뭍사람들의 무관심에 대해 분노의 외침을 터뜨리는 이유도 같은 데 있을 것이다. 대상을 그 모습 그대로 두되 더 많이 바라보아야 한다는 요청이 그의 언어들에는 있다.

그런데 바라볼 때마다 스스로 변화하여 주체의 시선을 사로잡는 것 또한 대상의 능력이자 운명이다. 이세기는 그 대상의 일관되되 변모하는 모습을 언어화할 줄 아는 시인이다. 반복의 언어가 그것이다. 그의 반복은 강조를 위한 반복이 아니라 대상 자체를 바라보면서 체득한 존재의 원리를 드러내기 위한 반복이다. 언어를 통해 대상의 존재원리를 드러내는 형식에 성공한 작품으로는 다음과 같은 시를 꼽을 수 있다.

돌아갈 길 없다

영당에 비 내리고
뿌옇게 내리고

돌담을 끼고
명부전 가는 길

아버지
아버지의 손이 보여요

늙은 어부의 손이
보여요

(…)

애야, 배가 없구나
우리에겐 배가 없구나

명부전 가는 길
영당에 비 내리고

(…)

돌아갈 길 없다

비는 내리고
비는 내리고

영당 지나

명부전 가는 길
뿌옇게 비는 내리고

얘야, 배를 묶으렴
배가 떠나가려고 하는구나
가서 배를 묶으렴

비는 내리고
비는 내리고
명부전에 비는 내리고

—「배 이야기」부분

비틀거리면서 정돈되는 호흡이 변화하는 반복의 언어로 잘
갈무리된 작품이다. 비, 명부전, 길, 영당은 아버지에 대한
짧은 기억의 변화와 함께 재배치된다. 동시에 행갈이가 달
라지고 조사가 달라지며 대상들의 배치가 달라진다. 아마
실제의 삶이 그럴 것이다. 물질적 감각의 삶뿐만 아니라 비
물질적 정동조차 그러하다. 독자들은 삶이 반복되는 매순
간마다 그것이 변화와 함께 재충당된다는 사실을 이 짧은
비애의 시를 통해 경험하게 된다. 반복적이어서 무의미할
수도 있는 삶을 유의미로 바꾸는 좋은 방법 중의 하나가 대
상에 대한 언어적 심미화라는 사실을 시인은 이미 잘 알고

있다. 특히 시의 언어는 미세한 조사의 배치 하나만으로도, 가령 "비 내리고"와 "비는 내리고"의 의미가 완전히 달라지듯이, 전혀 다른 의미를 예감케 하고 경험케 하는 무기이기 때문이다. 그렇게 해서 새 삶을 고대하게 하는 것이 곧 시인 것이다.

물론 시집 전체가 비애로 점철되어 있다고 주장할 수는 없다. 바다에 연한 삶의 충만감을 표현한 시 또한 상당 분량을 차지하고 있기 때문이다. 1부의 뒷부분에 배치된 작품들이 주로 그러한데,「이무기 이야기」(반복의 언어를 아는 시인이라는 점을 전제하면, 이 제목 또한 그저 심상한 것으로 읽히지 않는다)가 서해 앞바다의 전설 같은 이야기를 은근한 자랑으로 바꿔놓은 시라면, 서해에 연한 삶 자체의 푸근한 아름다움을 특유의 잔잔한 어조로 노래하는 시편들도 주목해 읽을 만하다. 저녁 바다에 피는 노을을 (사라지는 언어를 다시 복원하는 이세기의 장기는 첫 시집에 이어 이번 시집에서도 여전하다) '북새'라고 한다는 사실을 알려주는 시「북새」도 있지만,「봄바다」는「굴업도」와는 정반대의 삶을 노래한다. "봄바다 어디쯤/나의 순수는/들어오는가//봄바다에 서면/나의 허기는/허기가 아니다"라고 단언하는 시인의 자신감이 그 고통의 서해바다를 거꾸로 읽고 있기 때문임을 아는 일은 어렵지 않다. 그 거꾸로 읽기가 서해의 '북새'와 함께 타올라 드디어 서해 전체를

잠잠한 황홀로 바라볼 수 있을 때까지 이세기의 손은 '언 손'일 것이다. '언 몸'이 '언 몸'을 만지듯이 독자들 또한 그의 온몸일 시집을 '언 손' '언 몸'이 되어 어루만져야 할 것이다. 그것이 변화의 반복을 사는 목숨들의 운명일 것이다.

朴秀淵 | 문학평론가

　내 고향 바다에는 가마우지와 물고기가 있다. 소금 바다로 뛰어들어 숨이 막히는 고통을 견뎌내며 생존을 위해 물질을 하는 가마우지와 부릅뜬 눈으로 깊은 바닷속을 헤쳐 나가는 물고기의 삶에서 나는 시와 시인의 운명을 생각한다. 그 필사의 몸부림이 언어라면 그대로 시가 될 것이다. 나는 나의 언어가 세상에 길들여진 언어가 아니라, 세상과 맞서 바닷속을 유영하는 가마우지와 물고기의 눈처럼 깨어 있기를 바란다. 하지만 부끄럽게도 내게는 멀다.

　스스로에게 묻는다. 시란 어디로 가야 하는가.

2010년 9월
이세기 모심

창비시선 320

언 손

초판 1쇄 발행／2010년 9월 30일

지은이／이세기
펴낸이／고세현
책임편집／전성이
펴낸곳／(주)창비
등록／1986년 8월 5일 제85호
주소／413-756 경기도 파주시 교하읍 문발리 513-11
전화／031-955-3333
팩시밀리／영업 031-955-3399 편집 031-955-3400
홈페이지／www.changbi.com
전자우편／literat@changbi.com
인쇄／영신사

ⓒ 이세기 2010
ISBN 978-89-364-2320-9 03810